LES

MARCHÉS A TERME

CONDITIONS. VALIDITÉ. EXCEPTION DE JEU

PAR

CONSTANTIN MARECHAL

ANCIEN AVOCAT A LA COUR D'APPEL DE PARIS
OFFICIER DE L'INSTRUCTION PUBLIQUE
LAURÉAT DE LA SOCIÉTÉ POUR LE DÉVELOPPEMENT DE L'INSTRUCTION
ET DE L'ÉDUCATION POPULAIRES

Etude publiée par le Congrès international des Valeurs mobilières

---

PARIS

LIBRAIRIE MARESCQ AINÉ
A. CHEVALIER-MARESCQ & Cie, ÉDITEURS
20, RUE SOUFFLOT, 20

1901

LES

MARCHÉS A TERME

CONDITIONS. VALIDITÉ EXCEPTION DE JEU

OUVRAGES DU MÊME AUTEUR ET CHEZ LES MÊMES ÉDITEURS

Projet de loi sur les ventes de fonds de commerce, en collaboration avec M. Gaston Lèbre, avocat à la Cour d'appel. Une broch. in-8. **0 fr. 25**

Traité pratique de procédure en matière commerciale. Un volume in-8. . . . . **5 fr.**

Traité pratique de la procédure des faillites et des liquidations judiciaires. Un volume in-8 . . . . **5 fr.**

EN PRÉPARATION :

Traité pratique des Sociétés françaises et étrangères . .

LES

MARCHÉS A TERME

CONDITIONS. VALIDITÉ. EXCEPTION DE JEU

PAR

CONSTANTIN MARECHAL

ANCIEN AVOCAT A LA COUR D'APPEL DE PARIS

OFFICIER DE L'INSTRUCTION PUBLIQUE

LAURÉAT DE LA SOCIÉTÉ POUR LE DÉVELOPPEMENT DE L'INSTRUCTION ET DE L'ÉDUCATION POPULAIRES

Etude publiée par le Congrès international des Valeurs mobilières

PARIS

LIBRAIRIE MARESCQ AINÉ

A. CHEVALIER-MARESCQ & Cie, ÉDITEURS

20, RUE SOUFFLOT, 20

1901

LES MARCHÉS A TERME

CONDITIONS. — VALIDITÉ. — EXCEPTION DE JEU

I

Des divers modes de marchés à terme

La dénomination de marchés à terme appartient aux opérations ayant pour objet la vente et l'achat de valeurs ou de marchandises livrables dans un délai et à un prix déterminés au moment de la convention, mais on sait que, par extension, on a donné ce nom à des ventes et achats de valeurs ou de marchandises traités dans les mêmes conditions, alors même que ces opérations n'auraient pas et ne devraient pas avoir pour résultat une livraison effective, et ne se solderaient, au contraire, que par le paiement, à l'une ou à l'autre des parties, de la différence entre le prix de vente et d'achat, au moment de la conclusion du marché, et le prix déterminé par la cote des valeurs ou par les mercuriales des marchandises, au jour fixé pour le règlement de l'opération.

§ 1. — *Marchés fermes et marchés à primes*

Il faut distinguer dans les marchés à terme les *marchés fermes* et les *marchés à prime.*

Le marché ferme est celui qui lie à la fois l'acheteur et le vendeur et les oblige, au jour du terme fixé, le vendeur à livrer et l'acheteur à prendre livraison ; ou tout au moins (si le marché doit se résoudre ou se résout par une simple différence), celui qui oblige, s'il y a *hausse*, le vendeur à payer à l'acheteur la différence entre le prix de vente au jour de la conclusion du marché et le prix coté au jour de sa liquidation ; et qui, s'il y a *baisse*, oblige l'acheteur à payer au vendeur cette même différence entre les deux cours, le jour du terme fixé pour la liquidation du marché.

La perte, comme le bénéfice, étant illimitée dans les marchés fermes, l'intermédiaire a le droit d'exiger de son client une *couverture* basée sur les fluctuations possibles de la cote et l'importance des affaires traitées. L'article 61 du décret du 7 octobre 1890 autorise l'agent de change, quand cette couverture consiste en valeurs, à les aliéner et à s'en appliquer le prix faute, à l'échéance, de livraison ou de paiement par le donneur d'ordres, ce qui implique que, malgré son nom, la couverture ne constitue pas en réalité une garantie, mais un acompte sur le montant des différences qui peuvent être à payer. Cela a un intérêt juridique dont on trouvera plus loin l'explication et l'application.

Le marché libre, ou marché à prime, n'oblige que le vendeur, sans obliger l'acheteur, en ce sens qu'au terme fixé l'acheteur est libre de maintenir l'opération ou d'y renoncer, et, en raison du risque ainsi couru par le vendeur, celui-ci reçoit, au moment même de la conclusion du marché et d'avance, une partie du prix fixé. C'est là ce qui constitue la *prime*, laquelle reste acquise au vendeur si l'acheteur vient à renoncer au marché.

Cette prime est donc, en réalité, un dédit stipulé au profit du vendeur, et, pour l'acheteur, une assurance contre les risques de pertes, risques exactement limités par le montant de la prime.

Indiquons, en passant, que le terme fixé pour la *liquidation* des marchés à terme n'est pas le même pour toutes les valeurs : pour les unes, les rentes françaises, les titres des Chemins de fer français, de la Banque de France, du Crédit foncier, par exemple, les marchés se liquident toutes les fins de mois, et, pour les autres, chaque quinzaine.

Les négociations à primes des valeurs se liquidant une fois par mois ne peuvent être faites pour un terme plus éloigné que la deuxième liquidation à partir du jour où le marché est conclu. Les négociations à primes des effets se liquidant par quinzaine peuvent se traiter pour toutes les échéances de liquidation, mais sans pouvoir dépasser le terme de la troisième liquidation à partir du jour de la conclusion du marché (1).

En coulisse, il se traite encore des opérations à primes pour le lendemain, « dont un sou », « dont deux sous » : la réponse a lieu le lendemain à deux heures. Et, dans cette catégorie, rentrent les primes portables ou reportables qui ne se pratiquent que le jour de la réponse des primes et pour le lendemain.

Indiquons également qu'au Parquet des agents de change la hausse et la baisse se pratiquent sur des quotités toujours supérieures à celles adoptées par la Coulisse. Ainsi, au Parquet, la quotité des différences sur les rentes françaises est de 2 centimes 1/2 et des multiples de 2 centimes 1/2 ; à la Coulisse, la quotité est de 1 centime 1/4 et des multiples de ce chiffre.

Rappelons enfin qu'au Parquet les ordres doivent être donnés et sont acceptés : *au mieux*, *à cours limité*, *au premier cours*.

A terme, il n'est pas accepté d'ordres *au cours moyen*.

A la Coulisse, les ordres sont en général acceptés : pour le début, pour la clôture et après Bourse.

A l'issue de la Bourse, la cote des marchés à terme est rédigée par les agents de change et après entente entre eux ; cette cote doit indiquer les premier et dernier cours, ainsi que les cours extrêmes en hausse et en baisse auxquels des marchés ont été conclus. Les premier et dernier cours à terme sont affichés aussitôt après la rédaction de la cote.

§ 2. — *Mécanisme des primes.*

On appelle *jour de la réponse des primes*, le jour auquel se déterminent les engagements respectifs du vendeur et de l'acheteur. Ce jour est fixé à la veille du jour dit *de liquidation*, l'avant-veille si la veille est un jour férié.

Le jour de la réponse des primes, à une heure et demie,

1. Règlement des agents de change (Art. 103).

l'acheteur est mis en demeure de faire connaître à son vendeur s'il *lève* ou *abandonne* la prime. La réponse des primes s'effectue dans le délai de cinq minutes, pendant lequel toutes les autres opérations sont suspendues.

« Lever » la prime, veut dire maintenir l'opération, la rendre définitive, ce que fait l'acheteur lorsque le cours, au jour de la réponse des primes, est supérieur au prix d'achat. Mais il va de soi que l'acheteur a dû faire connaître d'avance à l'intermédiaire son intention de lever la prime et de rendre ainsi le marché ferme. Il va de soi, par voie de conséquence, que l'intermédiaire est en droit de réclamer un supplément de couverture, puisque le risque de perte, par suite de la prime levée, est devenu illimité et que la première couverture est peut-être même inférieure au montant de la prime : à défaut de satisfaction, l'intermédiaire est en droit de liquider l'opération à l'expiration du délai imparti au donneur d'ordres (1).

Si, au contraire, le cours est inférieur au prix d'achat, la prime est abandonnée par l'acheteur, le marché se trouve résilié et le montant de la prime abandonnée au vendeur constitue la perte de l'acheteur, à laquelle il faut, bien entendu et comme toujours, ajouter le montant du courtage.

Nous avons parlé plus haut et incidemment de primes « dont un sou », « dont deux sous ». « Dont » est un terme de Bourse particulier pour déterminer le montant de la prime : Acheter 3.000 fr. de rentes dont 50 fin courant, veut dire que l'acheteur, s'il veut résilier le contrat le jour de la réponse des primes, doit abandonner au vendeur 50 centimes pour chaque fraction de 3 fr. de rente.

Le montant des primes varie avec la nature des valeurs et suivant que l'opération se fait au parquet des agents de change ou en coulisse. En coulisse, les fractions sont plus faibles qu'au parquet.

Terminons ce rapide exposé en remarquant qu'en compensation de la faculté qui lui est laissée de pouvoir, à son gré, maintenir ou résilier le marché, l'acheteur paie les titres qui font l'objet des marchés à primes à un prix plus élevé que celui pratiqué pour les marchés fermes.

1. Décret du 7 octobre 1890 (Art. 62).

§ 3. — *Des reports.*

Le jour de la liquidation des marchés fermes, l'opération doit se régler soit par la livraison des titres par le vendeur et la levée de ces titres par l'acheteur, soit par la revente ou le rachat des titres : dans ce cas, l'opération se règle par le paiement, à qui de droit, des différences entre le prix coté le jour de la conclusion du marché et le prix coté le jour de la liquidation.

Mais l'acheteur ou le vendeur qui ne veut pas régler l'opération, ou qui se trouve dans l'impossibilité de le faire, peut obtenir la prolongation de l'achat ou de la vente par une nouvelle opération que l'on appelle *report.*

Le report n'est autre chose qu'une opération de prêt sur titres. Le prêteur s'appelle « reporteur », l'emprunteur « reporté » ; et l'on dit que le vendeur « reporte » ou que l'acheteur « se fait reporter », suivant que l'emprunt est contracté par l'acheteur ou par le vendeur.

En ce qui concerne l'acheteur qui se fait reporter, il lui faut trouver un capitaliste qui consente : 1° à lever avec ses fonds personnels et à un cours conventionnel que l'on nomme *cours de compensation*, les titres qui ont fait l'objet de l'opération ; 2° à livrer ces mêmes titres à l'acheteur à la liquidation suivante, au même prix, mais augmenté d'un quantum déterminé d'avance et qui représente l'intérêt de l'argent ainsi employé.

Le vendeur, au contraire, qui désire maintenir sa situation parce qu'il prévoit la baisse, le vendeur qui reporte doit trouver un tiers, propriétaire de titres identiques à ceux qui ont fait l'objet de l'opération primitive, un tiers qui, ayant besoin d'argent, consente à livrer ses titres au cours de compensation et à les reprendre au même prix à la prochaine liquidation : celui qui prête les titres en reçoit le prix qu'il conserve à sa disposition jusqu'au jour de la première liquidation, et c'est l'intérêt de la somme ainsi perçue par lui, qu'il paye au vendeur sous le nom de report.

Le capitaliste qui place ses fonds en reports a comme garanties : 1° la valeur des titres ; 2° la garantie de l'intermédiaire qui a négocié l'opération ; 3° la garantie de la corporation à laquelle peut appartenir l'intermédiaire. C'est donc là un placement de tout repos et qui, suivant le plus ou moins de rareté des capitaux disponibles, peut être parfois très recherché. Mais, sur les places importantes, les capitalistes ne trouvent pas toujours facilement l'emploi de leurs fonds en reports : s'il se trouve, en effet, à la fois un grand nombre de vendeurs à découvert et un grand nombre d'acheteurs ne pouvant ou ne voulant pas lever leurs titres, l'opération se règle par le soin des intermédiaires et au moyen d'une simple contrepartie entre leurs clients des deux catégories : spéculateurs à la hausse, d'une part (acheteurs), spéculateurs à la baisse, d'autre part (vendeurs).

Nous avons écrit plus haut les mots « cours de compensation ». Le cours de compensation est un cours conventionnel fixé par la Chambre syndicale des agents de change, cours uniforme et sur lequel sont basés les reports et les règlements des différences, de telle sorte que si, par exemple, un acheteur se fait reporter et si le cours de compensation est supérieur au cours d'achat, le montant de cette différence sera porté au crédit de son compte de liquidation chez l'intermédiaire ; le contraire aurait naturellement lieu si le prix d'achat était supérieur au cours de compensation.

On appelle « déport » l'opération contraire au report. Elle se pratique lorsqu'un grand nombre de spéculateurs ont cru à une baisse qui ne s'est pas réalisée : on a vendu à découvert un grand nombre de titres ; les titres sont rares sur le marché, les vendeurs empruntent aux acheteurs les titres dont ils ont besoin et leur payent le loyer de ces titres.

Le déport se trouve être ainsi un *prêt de titres* tandis que le report est *un prêt sur titres.*

§ 4. — *De l'escompte.*

Dans les marchés à terme, l'acheteur a le droit de ne pas attendre le jour de la liquidation pour régler l'opération : jusqu'au sixième jour qui précède le jour de la liquidation, il peut mettre son vendeur en demeure de lui livrer les titres ; et, dans ce cas, en terme de Bourse, l'acheteur est dit « escompter ses titres ».

Cette faculté donnée à l'acheteur, et toute au détriment du

vendeur, a été consacrée par un usage qui cependant, croyons-nous, tend de plus en plus à disparaître.

§ 5. — *Des arbitrages à terme.*

Pour terminer cette étude très succincte des divers modes de marchés à terme, il ne nous reste qu'un mot à dire des arbitrages.

On sait que l'arbitrage est la résultante de deux marchés à terme : par l'un, le spéculateur achète à terme des valeurs dont il prévoit la hausse, et, par l'autre, il vend, également à terme et pour la même liquidation, d'autres valeurs dont il prévoit la baisse.

L'arbitrage se pratique également sur des valeurs de même nature, mais de place à place, lorsque ces valeurs se traitent sur chacune de ces deux places à des cours différents.

Enfin, il y a *l'arbitrage en reports* qui consiste à faire reporter ses propres titres à un taux déterminé et à employer l'argent que l'on s'est ainsi procuré en reports sur d'autres valeurs pour lesquelles le taux du report est plus élevé. Cet arbitrage consiste donc, d'une part, en un emprunt sur titres, et, d'autre part, en un prêt sur titres pour lequel on emploie les fonds que l'emprunt a procurés.

II

Conditions et validité des marchés à terme.

Après avoir donné la définition des marchés à terme et indiqué d'un mot les divers modes sur lesquels ils se pratiquent, il nous reste à étudier les conditions mêmes de leur validité, et, à cet effet, il nous faut distinguer entre les marchés à terme à la Bourse des valeurs et les marchés à terme à la Bourse des marchandises.

§ 1. — *Des marchés à terme à la Bourse des valeurs.*

Il y a deux sortes de valeurs : celle dont la négociation est exclusivement réservée aux agents de change par l'article 76 du Code de commerce, ainsi conçu :

> Les agents de change constitués de la manière prescrite par la loi ont seuls le droit de faire les négociations des effets publics et autres susceptibles d'être cotés.

Pas de difficultés en ce qui concerne les effets publics, c'est-à-dire les fonds d'État, inscriptions de rentes, bons du Trésor, actions et obligations de certains canaux, chemins de fer et compagnies garanties par l'État, titres émis par les villes, les établissements publics et les sociétés anonymes autorisées antérieurement à la loi du 24 juillet 1867.

Ces valeurs sont exclusivement du domaine des agents de change ; ne fussent-elles pas inscrites à la cote, elles sont censées de droit y figurer :

> Le titre non coté n'en reste pas moins un effet public, émanant peut-être d'un Etat, s'adressant au public, et dont il importe que les négociations soient concentrées à la Bourse, opérées par des officiers publics (1).

1. Labbé, note sous l'arrêt de la Cour de cassation du 28 février 1881 ; *J. du Pal.*, 1881, 723.

Mais l'article 76, après avoir parlé des effets publics, parle « d'autres effets susceptibles d'être cotés ».

Que faut-il entendre par ces « effets susceptibles d'être côtés » auxquels s'applique le monopole des agents de change ?

Cette question a donné naissance à trois systèmes.

Le premier système assimile tous les effets publics ou non publics ; le privilège attribué aux agents de change n'est pas déterminé par la cote où ces effets sont ou peuvent être susceptibles d'être inscrits, mais par leur négociabilité (1).

Le deuxième système laisse aux juges du fond le soin de déterminer les « effets susceptibles d'être cotés » tombant sous le privilège des agents de change. Une valeur sera ou non « susceptible d'être cotée » suivant le nombre et l'importance des opérations dont elle est l'objet. MM. Lyon-Caen et Renault critiquent avec juste raison ce système :

> Avec une telle règle, disent-ils, les limites du monopole des agents de change seraient bien incertaines et des intermédiaires pourraient y porter atteinte, même sans le vouloir.

Le troisième système, le seul vrai, croyons-nous, a été formulé par la Cour de cassation, dans son arrêt du 1er juillet 1885 :

> Attendu que l'article 76 du Code de commerce considère les effets publics comme étant de droit admis à la cote et qu'il assimile aux effets publics les autres effets qui viendraient à être reconnus susceptibles d'être cotés, ce qui doit se comprendre des effets dont le cours est habituellement relevé conformément à l'article 72 du Code de commerce et qui, par les conditions de régularité, de garanties sérieuses et de fréquence d'échanges dans lesquelles ils se trouvent, ont été jugés par la Chambre syndicale des agents de change aptes à être portés sur la cote officielle de la Bourse ; que ces effets seuls sont soumis au monopole des agents de change.

Ce système, consacré par deux autres arrêts de la Cour de cassation en date des 6 juillet 1885 et 9 mars 1886, a fait jurisprudence.

Et, maintenant que nous connaissons quels effets publics ou autres sont compris dans le monopole des agents de change, recherchons quelles sanctions la loi a créées pour protéger ce monopole.

1. Cour de Paris, 30 mai, 11 juillet et 2 août 1851, 13 novembre 1882 ; Cour de Toulouse, 6 juin 1883.

Tout d'abord une sanction pénale :

Tout individu, convaincu d'avoir enfreint le monopole des agents de change, se voyait interdire l'entrée de la Bourse et devait être déclaré incapable de parvenir aux fonctions d'agent de change : il pouvait, de plus, être poursuivi devant les tribunaux correctionnels. Deux arrêts de la Cour de cassation du 19 janvier 1868 et du 21 février 1868 avaient consacré la sanction pénale édictée par le législateur.

En fait, cette sanction pénale n'existe plus, et, par la loi de finances qui a obligé tous les intermédiaires à la Bourse à tenir des répertoires de toutes leurs opérations sur toutes valeurs, cotées ou non cotées, opérations sur lesquelles le fisc prélève sa dîme, l'immixion des coulissiers dans le domaine des agents de change s'est trouvée administrativement reconnue.

Reste la sanction civile : nullité des opérations à la Bourse sur les « effets publics ou autres susceptibles d'être cotés », traitées autrement que par l'intermédiaire des agents de change.

Tous les marchés à terme sur ces valeurs sans l'intermédiaire de l'agent de change sont nuls : l'acheteur peut ne pas payer le prix des titres ou les différences à sa charge ; d'après une jurisprudence constante, cette nullité est opposable même si le client a ratifié ultérieurement ces opérations, pourvu qu'il n'ait pas payé ; s'il a payé connaissant l'irrégularité commise, il ne peut pas exercer la répétition de ce paiement ; s'il a fourni d'avance, en vue des opérations futures dont il connaissait l'irrégularité, une couverture, il ne peut pas la répéter si elle a été fournie à titre de paiement anticipé ; il peut, au contraire, répéter cette couverture si elle n'a été fournie qu'à titre de nantissement (1).

Nous croyons avoir énuméré aussi clairement que possible les principes de la jurisprudence sur l'application de l'article 76. Ajoutons seulement que le privilège dont les agents de change sont investis par l'article 76 du Code de commerce de négocier les effets publics, à l'exclusion des intermédiaires

1. Cour de cassation, 21 mars 1893, 15 janvier 1894, 22 mai et 9 décembre 1895, 8, 15, 17 et 22 février 1897. (Cass. Ch. civile 15 mars 1899. *Droit*, n° du 5 mai 1899).

connus sous le nom de « coulissiers », n'est nullement exclusif pour eux du droit de négocier des valeurs en banque.

C'est là un point qui ne saurait faire aucun doute, les raisons de régularité en considération desquelles le monopole des agents de change a été créé pour les « effets cotés ou susceptibles d'être cotés » étant évidemment les mêmes pour les autres valeurs ne rentrant pas dans cette catégorie (1).

Mais l'article 76 soulève une autre question :

L'intermédiaire d'un agent de change est-il obligatoire quand il s'agit d'une négociation s'effectuant directement au comptant entre un propriétaire d'effets publics et un acheteur auquel livraison est faite de ces titres?

La chambre civile de la Cour de cassation, dans son arrêt du 21 mars 1893 (2) a reconnu la parfaite régularité de cette opération.

Ce même arrêt déclare, au contraire, nulles toutes opérations à termes traitées par contre-partie directe sur les valeurs tombant sous l'application de l'article 76 (3).

Cette solution est vivement critiquée par M. Lyon-Caen : il admet la liberté absolue de la contre-partie sur les valeurs cotées ; selon lui, l'article 76 veut dire uniquement que si les parties recourent à un intermédiaire pour de pareils marchés, cet intermédiaire ne saurait être autre qu'un agent de change; mais il n'y a aucune raison pour imposer aux parties l'emploi d'un intermédiaire; tout le monde reconnaît que les propriétaires de titres et valeurs mobilières cotés à la Bourse peuvent les vendre de gré à gré, sans recourir à un agent de change, et, d'après M. Lyon-Caen, il n'existe aucun motif pour distinguer entre les marchés à terme et les marchés au comptant.

Cette doctrine est vivement combattue par M. Amb. Buchère, conseiller honoraire à la Cour de Paris, dans une note sous deux arrêts de la Cour de Paris du 30 juin 1894 et de la Cour d'Angers du 8 juillet 1895 (4).

1. Tribunal de la Seine, 16 juin 1899. (*Droit*, 12 octobre 1899).
2. Voir également arrêt de la Cour de Paris du 30 juin 1894.
3. *J. du Pal.*, 1893, I, 241).
4. *Pand. franç.*, 1897, 2e part., p. 115.

Cette doctrine, dit M. Buchère, serait de nature à compromettre d'une manière sérieuse le monopole des agents de change. Elle permettrait aux banquiers et aux agents d'affaires dans les départements, de devenir les intermédiaires des spéculations de toute nature, même sur les effets publics et autres valeurs cotées à la Bourse, en se présentant comme la contre-partie de leurs clients, vendeurs ou acheteurs. Il ne nous paraît pas possible d'assimiler les marchés à terme, qui impliquent une négociation, aux ventes directes faites au comptant, par conventions débattues entre le vendeur et l'acheteur, et qui n'ont rien d'aléatoire, leur exécution ne pouvant être différée. La jurisprudence ne tardera sans doute pas à être fixée en ce sens et mettra fin aux efforts tentés par des intermédiaires sans qualité pour se soustraire au monopole réservé aux agents de change.

Le système de M. Lyon-Caen est sans doute séduisant au point de vue de la liberté des conventions et la jurisprudence qui l'a rejeté jusqu'ici a déjà fait, en matière de marchés à terme, de telles évolutions, que rien ne nous surprendrait si, dans un délai plus ou moins long, elle arrivait à lui donner la sanction de ses arrêts.

Indiquons d'un mot, pour finir, que les marchés à terme ne peuvent être traités par contre-partie directe, même sur les valeurs non cotées, à moins qu'il n'y ait dérogation à ce principe par convention formelle, une pareille convention n'ayant rien de contraire à l'ordre public (1).

§ 2. — *Des marchés à terme à la Bourse des marchandises.*

A la Bourse des marchandises, il ne saurait être question de l'article 76 : tous marchés à terme peuvent être traités par tous intermédiaires. Pour les marchandises comme pour les valeurs, rien ne s'oppose à ce que les marchés à terme soient traités par des contre-parties directes, pourvu qu'il y ait convention formelle à cet égard entre les parties (2).

S'il n'y a pas de contre-partie, le client, de même que pour les marchés à terme traités par l'intermédiaire des coulissiers, peut exiger de l'intermédiaire la justification des opérations faites pour son compte.

Mais les marchés à terme sur marchandises par contre-partie

1. Cour de Paris, 17 mars 1896 et 29 janvier 1897. (*J. du Pal.*, 1898, 2, 121).

2. Mêmes arrêts.

directe ont soulevé quelques questions qui ne se sont, croyons-nous, jamais présentées à la Bourse des valeurs.

Les maisons qui ont la spécialité de ces opérations, à la Bourse de Commerce, n'ont pas tardé à trouver insuffisants les gains énormes réalisés par elles au moyen de ce genre d'opérations : elles ont alors imaginé, tout en se présentant à eux comme contre-parties directes, de se faire payer par les clients une commission, absolument comme si elles n'étaient pas contre-parties mais simplement intermédiaires.

Le prix de cette commission est porté sur les lettres d'avis.

Ces lettres d'avis sont ainsi conçues :

Décompte à 100 sacs de farine « douze marques » achetés et vendus par MM. X. (la maison) *et pour compte de M.* (le client).

Livraison de janvier 1899.

ACHAT. — VENTE

Commission à 0 fr. 25 par sac.

Le Tribunal de commerce et la Cour d'appel de Paris voient dans le libellé de cette lettre d'avis l'acceptation formelle par le client de la maison comme contre-partie.

Cette acceptation est peut-être moins formelle qu'on veut bien le dire ; mais enfin elle est admise par la jurisprudence.

Mais alors, dans ce cas, le client doit-il réellement la commission qu'on lui réclame ?

La doctrine est contraire à cette prétention des maisons de contre-partie (1).

La jurisprudence, au contraire, semble l'admettre. Il en a été décidé notamment ainsi par un jugement du Tribunal de commerce de la Seine du 13 juin 1894, confirmé par un arrêt de la Cour d'appel de Paris du 17 mars 1896 (2).

Aux termes de cet arrêt :

L'intermédiaire chargé d'effectuer des opérations sur marchandises qui s'est, en traitant avec le donneur d'ordres, révélé à lui non comme commissionnaire mais comme négociant contre-partiste, n'est point tenu de

1. Boistel, *Précis de Droit commercial*, p. 363, n° 622. — Lyon-Caen et Renault, *Droit commercial*, p. 336, n° 457. — Bédarrides, *Des commissionnaires*, n° 87, p. 127.

2. *Gaz. du Pal.*, 22 mai 1896.

justifier de la réalité des opérations dont il réclame le règlement, opérations faites par lui et pour lui-même, alors surtout qu'elles ont été certifiées par le donneur d'ordres, lequel n'a jamais protesté contre elles.

Il a le droit, en outre, *bien qu'ayant agi comme contre-partiste, de réclamer le paiement de ses commissions*, alors qu'il est constant que le droit à la commission et son taux étaient stipulés dans les actes mêmes où il déclarait opérer directement contre le donneur d'ordres, sans que celui-ci ait jamais protesté contre le cumul de la situation de commissionnaire avec celle de contre-partiste.

Ces commissions sont d'ailleurs établies par l'usage et n'ont rien de contraire à l'ordre public.

Nous avouons ne pouvoir comprendre ce système.

Tout d'abord, il est certain que, si la question s'était présentée pour des opérations sur des valeurs, le Tribunal et la Cour auraient rejeté sans hésitation une demande de courtage formulée par un contre-partiste direct avéré. Et cependant nous ne voyons pas pourquoi un coulissier contre-partiste dans un marché à terme sur valeurs ne pourrait pas aussi bien réclamer un courtage qu'un négociant en farines contre-partiste une commission.

Pour admettre cette demande de commission pour des marchés à terme sur marchandises, la Cour est obligée de se baser (et c'est son seul argument) sur les usages établis.

Mais qui donc a établi ces usages ?

Les maisons contre-partistes.

Et il faut bien remarquer que les trois quarts et demi des clients qui jouent contre ces maisons contre-partistes : petits fermiers, petits commerçants, comptables, gens du monde et employés de commerce, ne connaissent absolument rien de ces usages ; — il faut remarquer que les lettres d'avis (telles que celles dont nous avons donné plus haut la formule) n'indiquent pas l'opération par contrepartie d'une façon assez évidente pour que le client, en voyant sur ces lettres figurer le mot « Commission », ne puisse pas croire, au contraire, opérer avec un véritable intermédiaire.

D'autre part, pourquoi cette commission ?

Les maisons qui font profession de contre-partie n'ont-elles pas assez d'avantages contre les joueurs imprudents ? Les gains qu'elles réalisent par le jeu ne sont-ils pas suffisants qu'il faille encore, judiciairement consacrer, sous le nom de commission, cet appoint qui, sur des opérations multiples, finit par constituer des sommes considérables ?...

Malheureusement, on est sur une pente et la descente est rapide.

Après avoir consacré la légalité des gains acquis par le jeu dans les marchés à terme, on arrive à consacrer tous les moyens imaginés par les maisons de contre-partie pour accroître ce gain légal sinon légitime.

Un jugement du Tribunal de commerce de la Seine, en date du 6 janvier 1900, a été plus loin encore.

Il s'agissait des marchés à terme sur sucres et farines.

Les lettres d'avis étaient libellées conformément à la formule ci-dessus, avec cette adjonction, cependant, qu'une partie des commissions réclamées était indiquée sous le nom de « *Commissions de ducroire* ».

Le client, poursuivi par la maison de contre-partie en paiement de différences, se défendait de la façon suivante :

Il demandait au Tribunal de dire, d'après les documents de la cause, si la maison demanderesse était contre-partie ou intermédiaire : — si la maison était intermédiaire, il demandait au Tribunal d'obliger la maison à justifier de la réalité des opérations; — si au contraire, la maison était contre-partie, il demandait au tribunal de diminuer du compte le montant des commissions et notamment des commissions *de ducroire*.

Le client ajoutait encore que la maison qui se prétendait contre-partie lui avait donné des conseils dont il justifiait par lettres, que ces conseils combattaient jusqu'à l'évidence les termes ambigus de la formule sur laquelle la maison prétendait avoir fait connaître sa qualité de contre-partie ; — qu'il était inadmissible que la maison, contre laquelle il avait joué sur la hausse et la baisse des marchandises, ait pu le conseiller dans ces opérations, alors que, de ces conseils, dépendait le gain ou la perte de la partie.

En ce qui concerne la perception de commissions de ducroire et les conseils donnés, le client s'appuyait sur un jugement du Tribunal de commerce de la Seine en date du 17 juin 1899. (1)

1. *Le Droit*, 15-16 juillet 1899.

Alors que des marchés à terme sur marchandises cotées affectent, par leurs contrats, le caractère d'opérations directes entre le client et l'intermédiaire, la présomption en résultant peut être détruite par des présomptions contraires tirées des faits de la cause et excluant chez l'intermédiaire la qualité de contre-partie.

Au nombre de ces présomptions contraires, il faut mettre la perception d'une *commission de ducroire*, l'intermédiaire ne pouvant se porter garant de lui-même, les conseils donnés par l'intermédiaire pour les opérations à faire, les termes de correspondance impliquant que l'intermédiaire opère comme courtier et non comme contre-partie.

Le contrat reprenant son véritable caractère de mandat, l'intermédiaire doit justifier de l'exécution des ordres reçus, faute de quoi il doit rendre les sommes touchées du client, à valoir sur le résultat des opérations annoncées.

Ce jugement fort bien motivé semblait avoir tranché la question.

Il n'en était rien.

Le même Tribunal de commerce de la Seine, le 6 janvier 1900, rendait un jugement absolument contraire, duquel il résulte que :

Le commissionnaire *ducroire* peut devenir contre-partie directe de son commettant et se trouver par là dispensé de toute justification, lorsque ce dernier a connaissance de cette situation et que les usages de la place sur laquelle opère son co-contractant l'y autorisent, auquel cas ledit co-contractant perd sa qualité de commissionnaire pour devenir, avec l'autorisation de son commettant, un acheteur ou un vendeur direct.

Le Tribunal ajoute :

Qu'il est certain que les parties étaient d'accord pour admettre que la maison X... agissait non comme commissionnaire, mais comme acheteur ou vendeur direct et que l'expression de *commission de ducroire* était improprement employée, mais que, envisagée même comme commissionnaire ducroire, la maison X... aurait été encore, par l'acceptation du client dans le même contrat qui constatait les opérations directes et le droit aux commissions, dégagée et dispensée de toute obligation de justification relativement aux contre-parties.

Le Tribunal, remarquons-le, ne fait aucune allusion, dans ses attendus, aux conseils donnés par la maison contre-partiste, bien que ce moyen ait été formellement et expressément soulevé dans les conclusions de son client.

Ajoutons que dans les deux affaires, il s'agissait de la même maison de contre-partie ; les lettres d'avis et les contrats étaient formulés dans les mêmes termes, la défense du client reposait également sur les commissions de ducroire et sur les conseils donnés par la maison.

Comment donc expliquer cette contradiction absolue entre les deux jugements ?

Nous ne saurions, quant à nous, nous élever trop énergiquement contre une pareille décision qui nous paraît contraire aux principes les plus élémentaires du droit.

Ou il y a réellement contre-partie (et, dans ce cas, ne l'oublions pas, la jurisprudence de la Cour exige qu'il y ait une convention formelle, ainsi que nous l'avons vu ci-dessus), ou bien, disons-nous, il y a réellement contre-partie et, alors, comment la maison contre-partiste peut-elle avoir droit à un courtage, absolument comme si elle était intermédiaire ? Bien plus, comment peut-elle percevoir une commission supplémentaire de *ducroire* alors que, par ce mot de ducroire, elle affirme s'être portée garante des engagements de son client à l'égard d'un tiers ? Comment une maison contre-partiste peut-elle donner des conseils à son partenaire ? N'est-il pas étrange de voir une décision de justice consacrant et légitimant une pareille immoralité ?

Ces maisons de contre-parties font songer aux chauves-souris de la fable :

> Je suis oiseau, voyez mes ailes,
> Je suis souris, vivent les rats !

Si les clients, entraînés dans des opérations désastreuses par les conseils des maisons contre-partistes, essaient de se défendre et demandent la justification de la réalité de ces opérations, il leur est répondu qu'en qualité de contre-partie, on n'a pas de justification à leur fournir !

Si les malheureux demandent alors de déduire au moins de leur compte les commissions de ducroire qu'on veut leur faire payer, la maison de contre-partie leur répond qu'elle a droit à ces commissions, en rémunération des peines et soins qu'elle a pris pour leur gagner leur argent !

Et cela est consacré par des décisions judiciaires...

Il faut espérer que par un arrêt motivé et formel, la Cour réagira contre de pareilles tendances qui sont la négation de toute moralité et de toute justice ; qu'à défaut des Cours d'appel, la Cour de cassation sera appelée à trancher souverainement et d'une façon définitive une question qui jamais n'aurait dû en être une.

Mais, comme dans tous les cas, il peut y avoir d'ici-là de nombreuses victimes, n'y aurait-il pas urgence à faire voter un article de loi ainsi conçu :

Dans tous les marchés à terme traités par contre-partie, il ne pourra, sous quelque prétexte que ce soit, être perçu aucun courtage ou commission.

Tous conseils donnés par une contre-partie seront assimilés aux manœuvres frauduleuses constitutives de l'escroquerie et donneront lieu à l'application des peines édictées par l'article 405 du Code pénal.

Le Parlement qui voterait cette loi ferait œuvre de moralité et de salubrité publique.

III

De l'exception de jeu.

§ 1. — *Distinction entre les opérations effectives et les opérations fictives.*

Nous avons vu que l'expression « marché à terme », comprend deux genres d'opérations bien distinctes : les unes effectives, les autres fictives et qui ne sont autre chose qu'une forme du jeu et du pari.

Les premières méritent tous les encouragements :

La spéculation, dit Proudhon, est, à proprement parler, le génie de la découverte. C'est elle qui invente, qui innove, qui pourvoit, qui résout, qui crée de rien toutes choses. Toujours en éveil, inépuisable dans ses ressources, méfiante dans la prospérité, intrépide dans les revers, elle conçoit, raisonne, commande, légifère ; le travail, le commerce exécutent. Elle est la tête ; ils sont les membres ; elle marche en souveraine, ils suivent en esclaves.

Le jeu, au contraire, n'a lieu qu'au détriment des mœurs publiques et de la société générale ; il dévore la subsistance des époux et des enfants, tarit toutes les sources de la probité, engendre, alimente, exalte tous les vices, enfante des désordres et des crimes. C'est un acte impie, un acte odieux, un acte inhumain, et, pour tout dire en un mot, un monstre antisocial (1).

S'enrichir par le jeu des dépouilles d'autrui, dit Pothier, n'est point une fin honnête, le droit naturel et la charité y répugnent.

Jamais, disent MM. Portalis et Duveyrier, nos lois n'ont protégé le jeu *comme un contrat*. Une ordonnance de 1629 déclare toute dette de jeu *nulle*, et toutes obligations et promesses faites pour le jeu, quelque déguisées qu'elles soient, nulles et de nul effet et déchargées de toutes obligations civiles et naturelles. Nos lois ne se sont jamais écartées des dispositions de cette ordonnance : nous n'avons pas cru devoir abandonner une jurisprudence si favorable aux bonnes mœurs.

1. Fenet, t. XIV, p. 539, 549 et 558.

C'est dans ces idées qu'avait été conçu l'article 1965 du Code civil aux termes duquel la loi n'accorde aucune action pour une dette de jeu ou pour le paiement d'un pari.

Mais le législateur se montrait spécialement inexorable contre les jeux de Bourse :

> Le jeu de Bourse n'est-il pas, en effet, infiniment plus dangereux que n'importe lequel des jeux de hasard prohibés par la loi. Tandis qu'ailleurs il faut apporter son argent, risquer un capital réalisé qu'on a dans la main, ce qui est toujours une garantie contre des entraînements exagérés, à l'heure actuelle, à la Bourse du commerce, pour peu qu'on ait une solvabilité apparente, il est possible d'opérer sur des sommes importantes, de contracter des engagements qu'on ne sera pas toujours en mesure de tenir au jour fixé et qui conduiront peu à peu à d'inexplicables compromissions ceux qui ont le malheur de s'engager dans cette voie.
>
> Les excitations de toute nature, l'appât du gain facile, l'espoir d'un bénéfice toujours entrevu, la passion du jeu qui est au fond de l'humaine nature, tout contribue à les entraîner de plus en plus dans ces opérations dangereuses dont il n'est pas toujours possible de bien apprécier l'étendue et la portée (1).

Et l'article 421 du Code pénal punissait d'amende et de prison les paris faits sur la hausse ou la baisse des effets publics, et l'article 422 déclarait pari de ce genre toute convention de vendre ou de livrer des effets publics qui ne seraient pas prouvés par le vendeur avoir existé à sa disposition au temps de la convention ou avoir dû s'y trouver au temps de la livraison.

Les jeux de Bourse appartenant ainsi à l'ordre des conventions illicites, constituant par eux-mêmes des délits, ne pouvaient donc être le principe d'une obligation quelconque, civile ou naturelle. Et poussant cette conséquence à l'extrême, certains esprits ont été même jusqu'à soutenir, en dépit des termes généraux de l'article 1967 du Code civil, qu'en matière de jeux de Bourse toute obligation était absolument nulle et de nul effet, conformément à l'article 1131 du Code civil ; que le paiement effectué était donc nul et de nul effet et demeurait soumis à l'action en répétition du paiement à l'indû.

Mais la jurisprudence, dans ses évolutions sur les marchés

1. Exposé des motifs du projet de loi de M. Georges Rose sur les marchés à terme.

à terme n'a jamais été jusque-là. Ces évolutions ont été clairement résumées par MM. Lyon-Caen et Renault (1) :

De 1805 à 1822, la validité des marchés à terme est reconnue; de 1823 à 1831, le système de la nullité des marchés à terme faits à découvert triomphe; de 1832 à 1848, la jurisprudence consacre en général une distinction entre le vendeur et l'acheteur; à partir de 1849, une jurisprudence, qui se généralise et que consacre la Cour de cassation depuis 1850, n'admet pas la nullité des marchés à terme, mais refuse, en vertu de l'article 1965 du Code civil, toute action en justice pour ceux de ces marchés qui, *selon l'intention des parties*, doivent aboutir seulement à un paiement de différence sans livraison de titres. Pour déterminer cette intention, la plupart des arrêts s'attachent surtout à l'importance des marchés comparée à la fortune des parties.

Peu à peu, la jurisprudence n'a plus tenu compte qu'accessoirement de la solvabilité du spéculateur :

La jurisprudence n'a plus considéré que l'intention qui a présidé au contrat. Si les contractants ont eu, à l'origine, l'intention de faire un vrai marché, celui-ci est valable, encore bien qu'en fin de compte il ne se solde que par des différences. Si, au contraire, dès le début, ils n'ont entendu ni livrer ni exiger les titres, s'ils n'ont eu en vue que le règlement par différence, les dispositions de l'article 1965 leur sont applicables (2).

Les marchés à terme (pour ne pas constituer un jeu), doivent impliquer le droit pour l'acheteur d'exiger la livraison ou celui par le vendeur d'obliger à la recevoir. Quand l'un de ces deux droits existe à l'origine, il y a une véritable vente : l'opération n'est pas un jeu encore que le vendeur ou l'acheteur n'en use pas. Peu importe que, pour un motif quelconque, il ne plaise pas à une partie d'exécuter le marché ou qu'elle n'en ait pas la possibilité matérielle; peu importe que, par suite de la compensation opérée entre marchés faits en sens contraire, la livraison ne soit pas effectuée et que tout se termine par un paiement de différence. Un fait postérieur ne peut modifier la nature d'une opération (3).

Cela est évident, mais quelles difficultés, en fait, pour les magistrats à rendre une justice uniforme ; comment reconnaître d'une façon certaine l'intention des parties ?

Il était de doctrine et de jurisprudence que tous les moyens

1. *Traité de Droit commercial*, t. IV, p. 673, nº 977, note 3.

2. Rapport de la Commission de la Chambre des Députés en 1882.

3. Extrait du rapport présenté par la Commission extra-parlementaire nommée en 1882 par le Garde des sceaux afin d'élaborer un projet de loi sur les marchés à terme.

de preuve fussent admissibles pour établir que les opérations n'étaient en réalité qu'un jeu et un pari, et les tribunaux avaient un pouvoir discrétionnaire pour apprécier le caractère réel des marchés à terme.

C'est ce qui avait été maintes fois décidé par la Cour de cassation, et notamment par deux arrêts de la Chambre des requêtes en date du 7 novembre 1876 et du 21 août 1882.

Le marché est-il réel ou fictif? Question de simple appréciation laissée à l'arbitraire du juge qui, suivant ses idées personnelles, pouvait avoir tendance à admettre ou à rejeter les mêmes moyens de preuve qui lui étaient soumis pour établir cette chose si fugitive et intangible : l'intention des parties.

Le krach de 1882 avait engendré les procès par centaines. Tous les *spéculateurs* malheureux se raccrochaient à cette dernière branche de salut « l'exception de jeu » que les tribunaux accueillaient ou rejetaient à leur gré, leur décision échappant d'une façon absolue au contrôle de la Cour suprême.

Il fallait une loi pour mettre fin à cet état de choses, et la loi du 28 mars 1885 fut votée.

Cette loi abroge les articles 421 et 422 du Code pénal.

Au point de vue civil, l'article 1er déclare légaux tous marchés à terme sur effets publics et autres, tous marchés à livrer sur denrées et marchandises : nul ne peut, pour se soustraire aux obligations qui en résultent, se prévaloir de l'article 1965 du Code civil, lors même qu'ils se résoudraient par le paiement de simples différences.

Mais la jurisprudence s'est presque aussitôt divisée.

D'après le premier système, la loi de 1885, tout en déclarant légaux les marchés à terme, avait maintenu l'exception de jeu s'il était démontré que, dès l'origine, l'intention des parties avait été uniquement de jouer et de parier sur des différences de cours, et cette intention pouvait être établie par tous les moyens de preuve.

C'était revenir aux difficultés auxquelles le législateur de 1885 avait voulu mettre un terme; cependant, ce système, soutenu notamment par M. Labbé, l'éminent professeur de droit à la Faculté de Paris, avait été presque généralement adopté par la jurisprudence.

D'après un second système, le législateur de 1885 a interdit la preuve contraire à la présomption « juris et de jure » créée par la loi (1)

L'exception de jeu n'est jamais recevable, sans qu'il y ait lieu de distinguer les marchés sérieux des simples paris à la hausse ou à la baisse.

D'après un troisième système, l'exception de jeu tirée de l'article 1965 n'est plus opposable en principe à ces marchés, (2) sauf cependant dans le cas où il résulte « *ab initio* » des conventions *écrites* des parties qu'il ne s'agit pas d'un véritable marché à terme, mais bien d'un jeu et d'un pari.

C'est la solution qu'avaient adoptée M. Lyon-Caen, professeur à la Faculté de droit, M. Sabatier, ancien président de l'ordre des avocats de la Cour de cassation, et M. Du Buit, ancien bâtonnier de l'ordre des avocats à la Cour d'appel de Paris, dans la consultation qui leur avait été demandée en 1896 par les négociants à la Bourse de Paris.

C'est la solution que donne également un arrêt de la Cour de cassation, Chambre des requêtes, 15 novembre 1897, lequel décide que :

Sous l'empire de la loi du 28 mars 1885, l'exception de jeu ne peut être proposée dans les marchés à terme ou à livrer, en dehors des cas où un écrit établit que « ab initio » les parties ont stipulé que les opérations se résoudraient par le paiement de simples différences.

Ces marchés sont ainsi protégés par une présomption légale de validité et il n'appartient pas aux tribunaux de rechercher si, sous les apparences d'un marché à terme ou à livrer, les parties se sont en réalité prêtées à une véritable opération de jeu ne comportant que le paiement de différences (3).

C'était un acheminement à la suppression pure et simple de l'exception de jeu car, en fait, nous ne croyons pas que jamais il soit venu à l'esprit d'un intermédiaire et d'un client de préciser par écrit que leurs opérations ne sont qu'un jeu et un pari et d'affirmer ainsi d'avance et d'accord que ces opérations, au moins d'après le système alors admis par la jurisprudence, devraient être radicalement nulles.

1. Cour de Paris, 9 juin 1885.
2. Cour de Paris, 12 mars 1896.
3. *Recueil de la Gaz. du Palais*, 1er semestre 1898, I, 94.

Mais, jusqu'en 1898, la chambre civile de la Cour de cassation n'avait pas été appelée à donner son avis suprême.

La question semble avoir été résolue d'une façon définitive par un arrêt rendu le 22 juin 1898 par la chambre civile après délibéré en chambre du conseil, sur le rapport de M. le conseiller Crépon et les conclusions conformes de M. l'avocat général Desjardins.

C'est le deuxième système qui a été adopté par la Cour, et l'arrêt est conçu dans les termes les plus formels :

Vu l'article 1er de la loi du 28 mars 1885 ; attendu qu'en déclarant, en des termes essentiellement impératifs, que nul ne pourrait se soustraire aux obligations résultant de « tous » marchés à terme sur effets publics et autres, de « tous » marchés à livrer sur denrées et marchandises, alors même qu'ils se résoudraient par le paiement d'une simple différence, la loi du 18 mars 1885, lorsque les opérations sur effets et marchandises ont pris la forme de marchés à terme, a entendu interdire aux parties d'opposer l'exception de jeu et aux juges de rechercher l'intention des parties ; qu'en décidant le contraire, lorsque les opérations sur lesquelles il avait à statuer avaient pris la forme de marchés à terme, l'arrêt attaqué a violé l'article de loi susvisé ; — Casse...

Cette décision a été reproduite en termes identiques par la Chambre des requêtes dans son arrêt du 19 mars 1900, sur le rapport de M. le conseiller Lepelletier et sur conclusions conformes de M. l'avocat général Melcot :

La Cour,

Sur le premier moyen pris de la violation des articles 1er de la loi du 28 mars 1885, 1108, 1117, 1131, 1348, 1352, 1353 et 1965 du Code civil ;

Attendu qu'en déclarant en termes essentiellement impératifs que nul ne pourrait se soustraire aux obligations résultant de « tous » marchés à terme sur effets publics ou autres, de « tous » marchés à livrer sur denrées et marchandises, lors même qu'ils se résoudraient par le paiement de simples différences, la loi du 28 mars 1885 a entendu, lorsque les opérations ont pris la forme de marchés à terme ou à livrer, interdire aux parties d'opposer l'exception de jeu et aux juges de rechercher l'intention des parties...

Cette identité dans les termes employés par la Chambre civile indique d'une façon saisissante la volonté formelle de la Cour suprême de supprimer d'une façon définitive l'exception de jeu en matière de marchés à terme.

Il résulte bien des termes formels de ces deux arrêts que, l'une des parties aurait-elle la preuve formelle *par un écrit ab initio* que les opérations étaient purement *fictives*, devant se résoudre uniquement par le paiement de différences, cette partie ne pourrait pas produire cette preuve, qu'en tous cas le tribunal ne devrait pas l'admettre.

Nous sommes loin, on le voit, des articles 421 et 422 du Code pénal qui punissait de la prison le pari sur la hausse et la baisse des effets publics.

Au point de vue de la morale absolue, cette solution peut être critiquable : c'est la Bourse des valeurs et la Bourse des marchandises transformées en vastes maisons de jeu légales ; c'est faire judiciairement, pour le jeu à la hausse et à la baisse, ce que l'on a fait administrativement pour le pari mutuel sur les hippodromes ; mais cette décision a l'immense avantage de trancher définitivement cette question irritante et de couper court à ces divergences d'opinions qui séparaient les Cours d'appel et, parfois même, les chambres d'une même Cour, notamment comme à Paris où la 3e chambre admettait l'exception de jeu alors que la 5e la rejetait impitoyablement, ravalant ainsi la justice elle-même à une sorte de jeu de hasard, le gain ou la perte du même procès dépendant uniquement d'une chance de sortie du rôle.

Au point de vue de la morale journalière et courante, on ne verra plus le spéculateur sans scrupules empocher les différences s'il gagne et, s'il perd, faire retentir le prétoire de ses doléances ; on ne verra plus, chose plus étrange encore, l'intermédiaire, courtier ou coulissier, opposer, lui aussi, l'exception de jeu au rare client heureux que ses remisiers ont été relancer et séduire.

Mais, une fois engagé dans cette voie, le législateur ne devrait-il pas aller plus loin ?

Le jeu est reconnu sur les hippodromes et à la Bourse. Pourquoi maintenir la suppression des loteries et des jeux de hasard ? On a supprimé le délit du pari à la hausse et à la baisse sur les effets publics ; on a sanctionné légalement la dette pouvant résulter de ce pari ; — pourquoi l'article 1965 pour une dette loyalement contractée sur le tapis vert de l'écarté ou du baccarat ?

Pourquoi ne pas rétablir la liberté des jeux et amener en France les millions que draînent chaque année les roulettes de la Belgique et de Monaco ?

La morale n'en souffrirait pas davantage et l'intérêt public en profiterait.

IV

Marchés à terme traités à l'étranger.

§ 1. — Jurisprudence en ce qui concerne l'exécution de ces marchés.

Les principes sont évidemment les mêmes pour tous les marchés à terme passés en tous pays étrangers, et ces principes sont les suivants :

Les marchés sont réguliers quand ils ont été exécutés conformément aux règlements et usages en vigueur sur la place où ils ont été traités, quelle que soit la place et quels que soient ces règlements et usages. C'est un point de jurisprudence constante, consacré notamment par un jugement du tribunal civil de la Seine du 15 janvier 1897 :

> Attendu que les demandeurs étaient en droit, conformément aux règlements du Stock-Exchange applicables à tous les brokers sans exception, de reporter et d'exécuter le client qui n'avait pas réglé ses différences au jour de la liquidation, sans qu'il fût nécessaire d'adresser au client une mise en demeure préalable ;
>
> Que Fischof achetant les valeurs en Bourse de Londres se soumettait, par là même, aux lois et aux usages qui sont en vigueur sur cette place...
>
> Que sa résistance est donc injustifiée (1).

Il est non moins certain que le débiteur, poursuivi en France par l'intermédiaire étranger, a le droit de demander la justification de la réalité des opérations faites pour son compte et de leur régularité. Mais le donneur d'ordres perdrait ce droit s'il avait payé les différences nées des opérations par lui faites (Voir *suprà*).

Prenons comme exemple les marchés à terme traités sur la

1. *Revue de la Jurisprudence financière*, 10 février 1897.

place de Londres, et, avant de passer rapidement en revue la jurisprudence des tribunaux français saisis à l'occasion de ces marchés, indiquons en quelques mots comment se traitent ces marchés.

Les opérations à la Bourse de Londres sont traitées par des intermédiaires qui se divisent en deux classes bien distinctes : les *Brokers* et les *Jobbers*.

C'est au broker que les ordres sont donnés ; lui seul est en relation avec la clientèle.

Le jobber, au contraire, n'a rien à faire avec le donneur d'ordres : il traite exclusivement avec les brokers et les autres jobbers, membres du Stock-Exchange.

Le broker, porteur de l'ordre de son client, s'adresse à un jobber ; il lui demande le prix de la valeur sur laquelle il doit opérer, sans dire s'il s'agit d'une vente ou d'un achat.

Le jobber donne deux prix : l'un, le plus élevé, est celui auquel il est vendeur ; l'autre, le plus bas, celui auquel il est acheteur, le broker lui fait alors connaître s'il vend ou s'il achète les titres en question.

L'opération traitée, le broker envoie à son client la lettre d'avis ou « contract note » indiquant, suivant le cas, le prix d'achat ou le prix de vente, et le courtage.

Ceci indiqué, supposons qu'une difficulté surgisse entre un donneur d'ordres français et son broker au sujet de la justification à faire de la réalité des opérations traitées. D'après la jurisprudence française, le broker doit fournir, à l'appui de ses prétentions, les lettres de ses contre-parties, c'est-à-dire des jobbers.

Ces lettres doivent être conformes aux livres des brokers qui doivent en fournir des extraits. Ces extraits sont eux-mêmes certifiés conformes par un « chartered accountant » qui rappelle la nature de l'opération, le nom du jobber par lequel elle a été faite et la date. On sait qu'un « chartered accountant » est un expert comptable assermenté. Sa déclaration est valable et, d'après la loi anglaise, fait preuve.

Telles sont les justifications que les tribunaux français déclarent le donneur d'ordres en droit d'exiger de son intermédiaire. Cela résulte notamment d'un jugement du Tribunal de la Seine en date du 12 août 1897 :

Attendu que Hilburn, broker à Londres, demande à de Gouy d'Arsy le paiement de la somme de ...., etc. ; qu'il verse aux débats un certificat rédigé par un comptable assermenté de Londres, duquel il entend tenir la preuve que le défendeur est bien son débiteur de la somme qu'il réclame ;

Mais attendu qu'aux termes de ce certificat le comptable qui l'a délivré se borne à déclarer que les contrats et bordereaux adressés par Hilburn à de Gouy d'Arsy sont conformes aux mentions portées sur ses livres ;

Qu'il est muet sur la question de savoir si les opérations, formant l'objet de ces conventions, ont été réellement et régulièrement effectuées suivant les règles usitées au Stock-Exchange ; que ce certificat tel qu'il est conçu n'a donc pas, aux yeux du Tribunal, au point de vue de la réalité et de la régularité des opérations litigieuses, un caractère probant ;

Que décider le contraire dans ces conditions serait donner aux livres de commerce des brokers un caractère authentique qui permettrait à ces derniers de se créer un titre à eux-mêmes ; qu'il ne peut en être ainsi en Angleterre pas plus qu'en France ;

Qu'en l'état, Hilburn ne justifiant pas d'autre façon, tout au moins quant à présent, de l'exécution du mandat que de Gouy d'Arsy lui a conféré de faire des opérations de Bourse pour son compte, doit être, quant à présent, déclaré mal fondé dans sa demande.

Il est vrai qu'un jugement du Tribunal civil de la Seine, du 26 juin 1897, avait jugé :

Que le donneur d'ordre, auquel un broker anglais a régulièrement envoyé les bordereaux d'opérations faites pour son compte et les comptes de liquidation de quinzaine, ne saurait, pour résister à la demande du paiement du solde débiteur de son compte, demander compte de l'exécution du mandat par lui donné.

Mais cette solution est la conséquence d'une erreur commise par le Tribunal, erreur dont nous trouvons la trace dans un des attendus du jugement :

Attendu qu'il n'échet dès lors d'ordonner une expertise qui ne pourrait que confirmer les renseignements contenus dans les bordereaux et les comptes fournis par Marcus ; qu'il est de principe que ces bordereaux et comptes font foi de leur contenu dans les rapports entre l'*agent* et ses clients et qu'il n'y a aucune raison d'y déroger dans l'espèce soumise au Tribunal.

Le Tribunal a confondu l'*agent de change français*, officier ministériel, avec les courtiers à la Bourse de Londres, où le marché est libre, où les membres du Stock-Exchange ne sont que des commerçants comme les autres :

Le broker doit donc rendre ses comptes comme tout autre mandataire, comme, en France, le coulissier qui, lui non plus, n'a aucun caractère officiel et qui, d'après une jurisprudence constante, est tenu, en toute occasion, de justifier des opérations faites par lui pour le compte de son client, à la différence de l'agent de change dont les comptes, bordereaux et avis régulièrement envoyées et reçus par le client sans protestation, font foi pleine et entière.

Quant aux droits des intermédiaires de liquider la situation du client qui n'exécute pas ses engagements, nous pouvons citer un arrêt de la Cour de Paris du 7 février 1900 qui nous paraît avoir parfaitement résumé toutes les questions soulevées et duquel nous pouvons extraire les quatre solutions suivantes :

Les usages du Stock-Exchange de Londres, à peu de chose près semblables sur ce point aux dispositions réglementaires du décret du 7 octobre 1890 qui régissent les agents de change de Paris, permettent au broker dont le client n'a pas réglé ses différences, de liquider sa position après le jour fixé pour le paiement, en vendant les valeurs dont le client se trouvait acheteur audit jour. — A Londres comme à Paris, il n'est point indispensable que cette exécution soit précédée d'une mise en demeure préalable, si le client a eu connaissance de son compte et a été invité par lettre à payer le solde débiteur. — Le report ne peut constituer de la part des brokers de Londres, non plus que de la part des agents de change de Paris, une renonciation au droit qui leur appartient d'exiger le paiement des différences avant la fin de la liquidation. — Le report est effectué en vue de la continuation normale des opérations, après paiement des différences et, sauf convention contraire, présuppose ce paiement (1).

§ 2. — *De l'exception de jeu à l'occasion de marchés à terme traités à l'étranger.*

Une dernière question nous reste à examiner qui, nous le croyons du moins, n'a pas encore été résolue par la jurisprudence française.

Nous savons qu'en France, depuis la loi du 28 mars 1885, interprétée par l'arrêt de la Chambre civile de la Cour de cassation en date du 22 juin 1898, l'exception de jeu ne peut plus être admise en matière de marchés à terme.

1. Voir *Droit* du 18 février 1900.

Mais d'autres législations l'admettent encore : en Angleterre, en Allemagne, l'exception de jeu est admise comme elle l'était en France avant l'arrêt de la Cour de cassation de 1898, c'est-à-dire que, pour pouvoir l'invoquer, il faut prouver qu'une convention est intervenue aux termes de laquelle toutes les opérations devaient se borner à des paiements de différences sans qu'il y ait jamais levée de titres.

Le Code fédéral suisse et la loi belge admettent l'exception de jeu comme l'admettait l'article 1965 du Code civil avant la loi du 28 mars 1885.

La question peut se présenter sous quatre faces différentes :

1° L'exception de jeu est admise à la fois par la loi du pays où le marché a été traité et par la loi du pays où l'action est exercée ;

2° L'exception n'est admise par aucune des deux lois ;

3° L'exception de jeu, rejetée par la loi du pays où le marché a été traité, est admise par la loi du pays où l'action est exercée ;

4° L'exception, admise par la loi du pays où le marché a été traité, est rejetée au contraire par la loi où l'action est exercée.

Dans les deux premiers cas évidemment il ne saurait y avoir aucune difficulté.

Mais, prenons la troisième hypothèse et supposons l'art. 1965 encore en vigueur.

Un Français a traité, dans un pays qui n'admet pas l'exception de jeu, un marché à terme constituant en réalité un simple pari à la hausse et la baisse. Il ne paie pas ses différences. L'agent de change étranger poursuit son débiteur français devant un tribunal français. L'exception de jeu est soulevée pour le défendeur. Le tribunal français saisi doit-il admettre cette exception ?

La question peut tout d'abord paraître délicate.

Avec la majorité des auteurs nous répondrons cependant sans hésitation que l'exception doit être admise. Il y a là une question d'ordre public. La loi d'un pays déclarant illicites les marchés à terme se résolvant par simples différences, comment admettre qu'un tribunal de ce même pays puisse déclarer légaux ces mêmes marchés, par ce seul fait qu'ils auraient été traités à l'étranger ?

Dans une question de moralité et d'ordre public la loi territoriale du lieu où s'exerce l'action doit évidemment l'emporter sur la loi étrangère (1).

Plaçons-nous au contraire sous le régime de la loi du 28 mars 1885 interprêtée par l'arrêt de la Cour de cassation du 22 juin 1898 : l'exception de jeu n'est plus admise par la loi et la jurisprudence françaises. Supposons un Français ayant traité en Belgique des marchés à terme se résolvant en simples différences : la loi belge admet l'exception de jeu.

Supposons le débiteur français poursuivi en France par l'agent de change belge. La loi territoriale du lieu où s'exerce l'action doit-elle triompher de la loi étrangère ? Le tribunal français devra-t-il refuser au débiteur français le bénéfice de l'exception de jeu que lui accorderait la loi belge ?

A notre avis, l'exception de jeu doit encore être admise.

Et voici nos raisons :

Si l'opération avait été traitée entre deux Belges, et si le procès était porté devant un tribunal belge, le marché serait considéré comme nul ; — si même le Français débiteur était poursuivi devant le tribunal étranger, la nullité de l'opération pourrait être opposée et serait admise. Par le seul fait que le tribunal français serait saisi au lieu du tribunal belge, le Français débiteur se verra-t-il refuser le bénéfice d'une exception qu'il pourrait faire valoir victorieusement en Belgique ?

Peut-on admettre que l'étranger qui a violé sa propre loi, qui n'aurait dans son propre pays aucune action pour poursuivre son débiteur, puisse venir le poursuivre en France et obtenir accueil d'un tribunal français, alors que le prétoire de la justice de son propre pays lui serait interdit ?

Quand la loi d'un pays admet l'exception de jeu, c'est que cette loi considère le jeu comme illicite ; or un marché, qui ne constitue en réalité qu'un jeu et un pari, étant illicite est nul ; un marché nul ne peut donner naissance à une action, et une action ne peut pas plus être exercée par le prétendu créancier

1. Trib. civ. de Bruxelles, 6 mai 1885. Clunet 1886, p. 339. — Cour d'appel de Bruxelles, 29 mai 1893. — Cour de cassation de Belgique, 19 nov. 1891. Clunet 1893, p. 225, 226. Voir également Trib. supérieur des Deux-Ponts (Bavière) 26 janv. 1898. *J. du Pal.* 1899, 4, 22.

devant le tribunal d'un pays où ce marché est licite, que dans son propre pays où il est nul, puisque cette action n'a pu naître d'un marché déclaré nul par la loi du pays où il a été traité.

Admettrait-on qu'un acte licite d'après la loi française, mais constituant un délit selon la loi du pays où il aurait été commis, puisse engendrer une action ? Qu'elle puisse être déclarée valable par un tribunal français ?

Ce serait arriver à des conséquences bien étranges, et il faut en conclure que le tribunal français doit accepter l'exception de jeu soulevée devant lui par un Français au sujet de marchés à terme traités dans un pays étranger dont la loi assimile les marchés à termes fictifs au jeu et au pari et déclare ces contrats nuls et illicites.

A notre avis, la solution que nous donnons aux troisième et quatrième hypothèses serait la même si le tribunal français, au lieu d'avoir à juger la question entre un Français et un étranger, avait à se prononcer entre deux étrangers, originaires ou non du pays où le marché à terme aurait été traité.

LAVAL. — Imprimerie parisienne, L. BARNÉOUD & Cie.

www.ingramcontent.com/pod-product-compliance
Ingram Content Group UK Ltd.
Pitfield, Milton Keynes, MK11 3LW, UK
UKHW020420220726
13923UKWH00005B/2061

9 782019 292584